푸른사상 시선 146

사랑이 가끔 나를 애인이라고 부른다

푸른사상 시선 146

사랑이 가끔 나를 애인이라고 부른다

인쇄 · 2021년 6월 25일 | 발행 · 2021년 7월 5일

지은이 · 서화성
펴낸이 · 한봉숙
펴낸곳 · 푸른사상사

주간 · 맹문재 | 편집 · 지순이, 김수란, 노현정 | 마케팅 · 한정규
등록 · 1999년 7월 8일 제2-2876호
주소 · 경기도 파주시 회동길 337-16(서패동 470-6) 푸른사상사
대표전화 · 031) 955-9111(2) | 팩시밀리 · 031) 955-9114
이메일 · prun21c@hanmail.net /prunsasang@naver.com
홈페이지 · http://www.prun21c.com

ⓒ 서화성, 2021

ISBN 979-11-308-1804-7   03810
값 10,000원

부산광역시 BUSAN METROPOLITAN CITY   ᄇᄋᄒᄌᄃ 부산문화재단 BUSAN CULTURAL FOUNDATION

본 도서는 2021년 부산광역시, 부산문화재단 '부산문화예술지원사업'
으로 지원을 받았습니다.

푸른사상
시선

146

사랑이 가끔
나를 애인이라고 부른다

서화성 시집

푸른사상
PRUNSASANG

내가 시를 쓰는 이유는

나는 **피**로 쓴 것만을 사랑하기 때문이고

나를 사랑하기 때문이다

2021년 6월
서화성

| 차례 |

■ 시인의 말

제1부

제2부

제3부

제4부

제1부

고성행

고성으로 가는 버스를 탔다
봄이라는 계절이 사라지고
봄에 핀다는 벚꽃이 떨어져 보이지 않았다
창문을 열고 바람이 분다
투박한 말투를 곱씹으며
봄으로부터 초대를 받는다
손톱을 깎고 어제와 다른 얼굴을 본다

한동안 말을 잃었다. 나에게 먼저 말을 거는 건 알람이다. 말을 잃어버린다는 건 생각이 많아진다는 것, 신문을 보다가 글자를 놓치는 경우가 있었다. 다시 생각해보고 다시 잃어버린 생각을 끄집어낸다는 건 생각이 자란 머리카락을 자른다 해서 생각이 바닥에서 다시 살아날까,
　기억은 태어나서 언제부터 유효할까

못밑댁

못밑골*에서 시집왔다고 해서 평생을 못밑댁으로 살았다
　시집을 가고 나서 못밑에 물이 말라 고비를 넘긴 날이 많
았다고 했다
　족쇄처럼 손목을 묶고 천장을 향해 몸을 비틀어보지만
　밑줄을 그을 만큼 움직일 수가 없었다
　육십을 벙어리처럼 살아왔다는데 평생을 쏟아내도 못할
말이 밑줄을 긋듯이 밖으로 새고 있었다
　칠월이면 몇 송이 들꽃이 자랄 거라며 손목이 풀리던 날,
　몸속에서 자랐던 낱말을 조합하기 시작했고 밀린 숙제를
하듯 숨을 내쉬었다
　내가 좋아했던 홍시 하나쯤 놓고 가면 고수레, 고수레
　까치 허기는 달래주지 않을까 하셨다
　이따금 이것저것 생각에 우후죽순으로 자라나면
　모두가 잘되라고 고민하는 것이니 그냥 두라고 하셨다
　비가 와서 내 몸이 떨어져 나간다 해도 후회는 않을 거라
고 하셨다
　생각이 있으면 들꽃을 꺾어다 양지바른 곳에 심어두고
　이따금 못밑댁이 보고 싶어지면

안부를 물어보듯 시들지 말라고 물 한 모금 주면 된다고
하셨다

그런 다음 날부터 못밑에서 물이 차기 시작했다

* 못의 아래쪽 마을.

칠월

칠월이면 꿩의다리*라는 꽃이 피지
머나먼 곳으로 떠난 당신은
아마도 모를 거야

내 기억 속 칠월은 없는 계절이다
당신이 좋아하는 수국이 피면 나는 시들시들 말라간다
그날은 눈만 깜빡거리고 밥 한술 떠먹을 기운이 없었다
밤새도록 말문을 닫아버린 선풍기는
아침부터 성의 없이 바람을 밀어내고 있었다
나는 식은땀을 흘리며 삐죽삐죽 무덤 밖에서 나왔다
이상기온이 계속될 거라며 햇볕에 외출을 조심하라고
앵커 K씨는 입술을 벌벌 떨며 문장을 이어갔다
먹이를 등에 진 개미 떼처럼 수국이 바다에서 자라고
그런 날일수록 현대요양병원 303호실에 있었던 당신처럼
나는 세끼 밥보다 많은 약을 삼키며 더위에 떨었다
고봉밥 두 그릇에 허기가 지는 이유는 무엇일까
결국은 돌아오지 않았으면 하고 첫 페이지에 적는다
그런 당신은 수국이 만개한 칠월에 집을 나갔고

천둥소리에 놀라지 말라고 꿩의다리를 깔아주었다

채송화, 들국화, 제비꽃

아프지 말라고 폭신하게 깔아주었다

아프지 말라고

그날은 목이 퉁퉁 부어 있었고 첫눈이 내렸다

* 미나리아재비과의 속씨식물.

여기, 고성

콩나물시루처럼 고성차부,
판곡리행 버스는 신처럼 버티고 있었다
오 분 빠른 시간이 출발이라며
쓰레빠를 끌던 기사는 지루했는지
백 원짜리 자판기 커피를 포개어 마신다
그것마저 아쉬웠는지
구겨진 담배를 피웠다 말기를 반복이다
그때는 왜 그랬을까
그때는 대낮에 별이 초롱초롱했었는데
대학생 큰형 살림 밑천인 암송아지 걱정이었다

박 씨는 다라이를 무기 삼아 자리를 잡는다
도다리 몇 마리와 병어 두어 마리
단물이 빠진 껌을 쩝쩝 씹으며
아가씨가 되어버린 동창생 영자
큰돈을 벌어오겠다며 야반도주한 영자
큰 감투를 쓴 것처럼

오라이, 오라이

기사는 영자 말에 복종하는 순응주의자였고
눈이라도 마주치면 반값에 퉁치기도 했다
그러면 히죽히죽 웃거나
고개를 몇 번이나 숙이곤 했다
오라이, 오라이

초인종 벨은 이미 망가지고 없었으며
차 문을 부서지게 치고서 시동을 걸었던 버스,
기사는 몇 발짝 지나서 멈추기도 했다
흙먼지에 욕이라도 퍼붓고 싶었지만
저만치서 누렁이가 달려왔다
어제 빤 교복은 붉은 노을이 와서
덕지덕지 묻어 있었다
오라이, 오라이

솥

어쩌다가 구름에 갇힌 얼굴에서 주름이 보였다 말았다
했다

이따금 보글보글 김이 나고 있었고 펑퍼짐한 엉덩이가 뜨
거웠는지 들썩이기도 했다

군침을 흘리듯 허연 거품이 나오고 푸다닥거리며 애지중
지하던 암탉이 보이지 않았다

대롱대롱 매달아놓은 돼지 앞다리가 보이지 않았고 뜨거
움을 견디며 냄새를 종잡을 수가 없었다

연신 둥근 뚜껑을 열었다 닫았다 했으며 연기가 따가워
눈을 비비기도 했다

등신불처럼 타들어 가는 깡마른 참나무,

알 수 없는 냄새에 따가움을 참아가며 굳은살은 부채질
했다

시커멓게 타버린 그에게도 말 못 할 언어는 있지 않았을까

일기장을 옆에 두고 따가운 눈을 깜빡거리며 쪼그리고 있
었다

이유 없이 흐르는 콧물 때문에 소매가 누렇게 되어 있었다

나는 덩달아 콧물을 킁킁거리고 기침을 하기도 했다

여전히 엉덩이는 들썩거렸으며 궁금증을 베개 삼아 꾸벅 거리기도 했다

기침 때문이라고 무슨 냄새에 끌려 집으로 왔던 그날처럼 둥근 얼굴이 두둥실 떠 있었다

사립문 밖에 못밑댁은 이따금 보름달처럼 웃고 있을까

그날처럼 눈을 비벼가며 펑퍼짐한 보름달을 열었다 닫았 다 하고 있을까

오늘 밤은 가마솥처럼 둥근 보름달이 두둥실 떠 있었다

마수걸이

오래전 일이 되어버렸다

첫날 새벽에
나무껍질 같은 아버지 등을 밀어줄 때
시원하게 빨대를 꽂아 요구르트를 마실 때
집에 가다 파전에 막걸리 한잔할 때

첫날 새벽에
나무뿌리 같은 엄마와 고성행 첫 버스를 탈 때
먼지가 앉은 어깨를 딱딱 말없이 털어줄 때
유난히 어둠에 가린 흰머리가 깜박거릴 때
보따리를 이고 저만치 앞서갈 때

주름진 아버지가 싫어 등을 피나도록 밀은 적이 있었다
그래도 아버지는 아픔을 참는지 어깨를 들썩일 뿐
주름을 밀면 주름이 펴지는 줄 아는 나이가 지나
조금만조금만 더 했지만

더 이상은 아버지와 목욕탕에 갈 수 없었다

아직은 어둠이 사라지기 전까지 시간이 있었다
고양이 세수를 시키고 길을 놓칠까 봐 내 손을 꽉 잡았다
알 수 없었고 보이지 않았지만
눈앞을 가리는 무언가가 한 번씩 지나갔다
흰머리가 나기 시작한 뒤부터
조금만조금만 더 했지만
더 이상은 앞서가던 엄마를 볼 수 없었다

밑줄

다시 밑줄을 그을 수 있을까

나에게 밑줄을 그은 날이 며칠이나 될까
하루에 수십 번의 고비를 넘긴 날이 많았다
에메랄드 오월의 호수는 아니지만
제야의 서른세 번째 종소리는 아니지만
바람이 분다고 쓰러지지 않는 고목(古木)처럼 버틴 날이
많았다

미세먼지에 집안 단속을 단단히 하라고
육십인 아들에게 불안하다는 듯이 조곤조곤 타이른다

세상에 조심해야 할 것이 어디 이것만 있겠냐마는
수십 번의 고비를 넘긴 날이 많았다고
알아듣지 못하는 말을 수화처럼 이야기한다

그런 당신은 유서처럼 말을 하기 시작했다
실망이라는 걸 알면서도 버리지 못했던 날이 많았다

국밥을 말아 빈속을 데웠던 날,
하루에도 가슴이 뛰고 밑줄을 포기한 날이 많았다

오일장에 가도
소소(騷騷)해진 발걸음과 마음이 비어 있는지 몰랐다

수십 번의 고비를 넘기고 오뚝이처럼 일어날 수 있을까
다시 밑줄을 그을 수 있을까

고성집

시끌벅적한 대낮은 없었다

흥정하던 소리를 듣던 발자국도 보이지 않는다
대낮의 불야성 같은 횟집은 시간에 발을 맞춘다

종일 팔려나간 막내를 생각한다
끝내 팔려나가지 못한 첫째와 셋째에게
바닷물을 끌어와 밤새 안녕하라고 한 바가지 끼얹는다
밤새 썩지 말라고 굵은 소금 한 뭉치씩 겉옷을 입힌다
그러고는 영역을 표시하듯 봉분(封墳)처럼 덮개를 올린다
누구 손이 타면 안 된다고
조막 돌만 한 돌 두 개를 얹는다

파장한 고성집에서 손님이 두고 간 소주를 마신다
무인등대는 기러기를 벗 삼아 깜박거린다
시간이 지날수록 빈속은 바다처럼 시퍼렇게 물들어간다

봄날 이력서

봄날은 어디서부터 시작할까

내 고향은 어느 먼지가 뿌연 두메산골인지

무소식을 짊어진 우체부가 사라지는 어느 골목길인지

서너 달 걸려 소독차 꽁무니를 좇아갔던 그날부터일까

아래 이장집 굴뚝에서 연기가 새어 나오는 저녁 무렵인지

고구마를 굽는다며 얼굴까지 타버린 그날인지

막차가 떠난 밤길을 걸어서 왔던 어느 논두렁인지

건넛마을에 마실 간 엄마가 돌아왔던 달빛부터일까

까까머리에 가슴을 움켜쥐고 여학교를 지나갔던 시절인
지

모캣불을 피우며 떨리던 손을 잡았던 그날인지

읍내 제일 큰 빵집에서 미팅한 오월부터 시작일까

이브 날에 걸었던 어느 키가 커버린 철둑길인지

코스모스가 뜬눈으로 설레게 한 어느 가을날인지

밤새 새끼손가락을 걸었던 첫눈이 내린 산동네인지

답장을 기다리며 꾹꾹 눌러 쓴 밤편지인지

어디쯤에서 봄날은 시작했을까

내려오다가 달빛에 상처나 입지 않았을까

까치

까치1로를 지나가는 날은 복권이 당첨된 것처럼 걸음이 둥둥 뜬다. 까치가 매일 찾아오지 않지만 가끔씩 두둑한 소식은 손때가 묻지 않은 편지였다. 그 안에 무엇이 들었을까, 숨바꼭질하듯 입을 다물고 있다. 우체통에서 내 방까지 걸어오는 내내 둥둥 뜬다. 내 생애 봄날이었을까, 콩알만 한 심장이 구름빵처럼 부풀어갈 때 봉했던 입을 연다. 장미꽃이 모락모락 피어난 글에서 사슴이 뛰어다니고 까치가 날아다니고 그날은 공복인데도 배가 남산만 했다. 앞마당에 장미꽃이 울긋불긋 만발했다

제2부

할매 국숫집

내가 사는 이층집을 가다 보면 전봇대 옆에 일고여덟 평으로 보이는 할매 국숫집이 있다

왼쪽으로 처진 간판이 살짝 비켜서 있고 할매라고 하기에는 약간은 흰머리가 부족하고 할매라고 하기에는 약간은 주름이 부족하다는 소문이 있었다

그 집은 국수를 삶는 냄새가 진동을 하고 그 집을 지나가면 국수를 비비는 냄새에 혼이 빠진다는 소문이 있었다

누구는 할매 국수가 입소문이 자자하다고 했고 손님이 나오거나 손맛을 본 사람은 없다고 했다

냄새가 진동하는 시간에 가게 문이 닫혀 있었고 할매를 본 사람은 없다고 했다

국수를 삶거나 비비는 사람을 본 적이 없었고 다른 여자가 국수를 삶는다는 소문을 들었다고 했다

흰머리거나 허리가 굽은 여자를 본 적이 없었다고 했다

그런 소문이 있고 난 뒤 한동안 국수를 삶는 냄새가 진동을 하고 내가 사는 이층집에서 간혹, 기침 소리를 들었으며 할매를 본 사람이 없었다고 했다

영정사진

여기저기서
영정사진이 걸어 다닌다

내일이나 어디선가 모레 저 얼굴은
근처 무지개동 낙원장례식장에 있을 것이다

곡소리가 천지(天地)를 흔들지만
웃는 얼굴은 눈꼬리가 같으며
구름처럼 일그러진 얼굴
소리치거나 신경질적인 얼굴은
해당 사항이 아니며 희망 사항이 아니다

한 아름 조화를 들고 걸어가는 영정사진을 본다

지하철에서
건널목에서
신호등에서

언제 일어날지 모르는 곳에서

그래서
영정사진을 찍듯이
언제나 웃을 준비가 되어 있어야 한다

언제 갈지 모르는 얼굴들
안전하다는 안심 버스에서
웃을 준비가 되어 있어야 한다

어디서 누구라도
김~~~치
치~~~즈

울음의 비교분석학

마지막 인연 앞에 선 사람이
목이 터지도록 울어댄다
마치 죽은 이가 시끄러워서
깨어날 정도로 말이다

이것은
장소는 다르지만 시각이 같은
이생의 인연을 끊기 위해서일까,

이 시각
다른 장소에서 죽은 이를 대신해
세상에서 첫울음을
목이 터지도록 울어댄다

이것은
장소는 다르지만 시각이 같은
이생의 인연을 잇기 위해서일까,

울음의 상대성 원리일까

울음의 비교분석학일까

한 아이의 울음은 미지(未知)의 세상에서
나를 알리는 울음이고
다른 사람의 울음은
미지(未知)의 세상으로 떠나는 이에게
보내는 간절한 이승의 마지막 울음이고

서로가 인연을 나누지 않았지만
이것은
알 수 없는 울음의 정거장인 것을

울음의 뜨거움은
어느 쪽이 더 뜨거울까

실업의 무게

어제는 말하는 법을 잃어버렸다

하늘에서 햇볕이 쏟아진 날
윤슬을 본 지 오래다
식탁의 거리는 급여일과 좁혀지지 않았으며
식탁에서 말의 간격보다 멀어져 있었다
며칠째 콩나물국과 말라버린 콩나물무침이 전부였고
김이 빠진 쉰밥을 찬물에 말아 먹는다
탈색이 된 회색 작업복은
일용의 본분을 다했는지 소금꽃이 피어 있었다

한때 통장 서너 개가 배불러 있던 시절,
하루걸러 밥 먹자던 사람은
잔고가 바닥을 드러내고 나서 떠나기 시작했다

돌탑처럼 쌓여 있는 이빨 빠진 그릇들
꾸역꾸역 헛배에 두꺼운 벽지를 바르고 있었다

졸음이 밀려오는 시간에

오래된 빵집에서 허기가 지는 이유는 무엇일까
동해남부선을 타면 내가 두고 온 바다에 갈 수 있을까
실어증을 앓는 사람처럼 바다와 이야기할 수 있을까

주절주절 말 못 할 사연이 썰물처럼 빠졌을지 모른다
성장통을 심하게 앓았던 오월은 진실이 앞서는 날이었고
그날은 말보다 사람이 앞서는 날이었고

계절이 가기 전에 속을 보여주겠다는 약속을 믿었다
한때 말이 많은 국어 선생이 꿈이었다며
어제는 잃어버린 말이 한바닥이 늘어나 있었다
그날은 뼈마디가 드러난 손으로 안방을 훔치고 있었다

화려한 외출 2

다섯 시가 되면 바구니를 들고 나간다
무엇을 담아올지
나는 두근반세근반이다

바구니에 오지도 않은 앞날을 밀어 넣는다
앞날이란 예고편처럼 궁금한 곳

무슨 일에 대한 물음표와 설렘을 바닥에
깔아놓고 차곡차곡 밀어 넣는다
선착순 마감으로
초특가 분양이 임박했다는 벽보를 보는지
어제의 희소식과 오늘의 질문을 꺼내어
양쪽에 넣는지
그 위에 팔딱팔딱 뛰는 심장을 얹어놓고
오는지

알 수 없는 것이 내일의 날씨다
사월에도 그랬고

시월에도 그랬다

치과에 가는 것이 죽기보다 싫은 날이 지났
다
그 후로 다섯 시가 되면
통증이 사라지고
나는 그녀가 언제쯤 올 건가를
새점을 보듯
두근반세근반이다

다음에 무엇을 넣고 올까

편견없이

　사람들은 편견이 심해요. 영화를 볼 때도 그렇다고 하네요. 관객은 호평보다 악평할 때가 즐겁다고 해요. 그건 편견이 심하다는 증거가 아니면 주관이 뚜렷하다는 거겠죠. 남들은 이번 영화가 대박 날 거라고 하지만 나부터 아닌 것 같아요. 사실 이상적인 영화는 대중성이 있어야 하거든요. 아마도 편견적인 사실이 들어 있으니 말이에요. 대중성이란 대중성이 아닌 것을 말하고 있어요. 영화는 편견을 가진 사람을 선택하죠. 그래서 말인데요. 지극히 대중적인 사실에서 시선을 놓치면 안 되잖아요. 내가 말하는 건 분명히 메시지가 존재해요. 편견적으로요. 관객이 눈치를 채면 영화는 이미 시시하거든요. 나는 그걸 노리고 영화를 만들어요. 내 영화는 졸거나 팝콘을 먹지 않아요. 집중이 흐려지는 이유 때문이겠죠. 그렇다고 편견없이 음료수를 마시거나 오징어를 씹는 재미는 있어야 하잖아요. 내 말이요

노인과 딸

스멀스멀 냄새가 올라오는 날, 계단에 녹지 않는 눈처럼
차곡차곡 쌓여 있었다. 누군가가 치우겠지, 하는 생각이 덤
으로 포개져 있었다. 지나갈 때마다 뭐 대수겠냐, 싶어 마
음을 접고 있었다. 언제부터 냄새가 심해진 날, 계단 밑까
지 발걸음을 막게 되고 동네 한 노인을 찾았다. 자그마한 체
구에 금이 간 안경을 쓴 노인이었다. 주섬주섬 그 노인은 키
만큼 박스를 쌓기 시작했다. 어느새 봄눈처럼 녹기 시작했
고 계단 하나하나가 모습을 찾기 시작했다. 그 노인을 뒤로
하고 얼마 지났을까, 딸처럼 보이는 오십 언저리쯤의 여자
가 날아와 있었다. 밥 벌러 나간 아비를 걱정하는 자식처럼
노인 옆에서 조용히 박스를 접고 있었다. 마치 오백 년 묵은
부부나무처럼 따사로웠다. 깊숙이 무언가가 솟구쳐 올라왔
다

묵티나트

돌덩이가 되어버린 아침이다
한 평 남짓한 김치 냄새가 진동이다
내복 속으로 뜨겁게 바람이 지나간다
양말은 발가락의 추위를 알아챈다
그는 내 몸을 감싸고
추위는 쥐구멍을 찾을 생각이 없나 보다
감기의 주소를 모른다
어제 불었던 바람이 지나간다
순간, 도둑놈처럼 깜짝이다

바람이 시작되는 곳, 묵티나트

거짓말

계속하다 보면 고무줄처럼 늘어나는 것이 있다. 누구는 밥 먹듯이 하는 사람이 있고 누구는 재미를 알고 한 번 더 재미 삼는 사람이 있다. 재미는 한때의 흥미를 주지만 진통제처럼 일시적이거나 약효가 떨어지면 다시 불안과 초조를 유발한다는 거짓말 사용설명서가 있다. 그날은 두근거리고 심장이 뛰는 줄 알았고 일곱 시에 처음 만나는 여자를 기다리는 것 같았다. 심정(心情) 같았고 다음 날은 피곤하거나 만났던 여자를 다시 만나는 것처럼 맥박은 어느 정도 뛰는 걸 알았다. 부풀어 있던 심장은 다소 늘어나 있었고 아무 일 없다는 듯이 시계는 움직이고 있었다. 여전히 소문난 칼국숫집은 줄서기에 바빴고 맥박은 정상이었고 약속 시간에 맞춰 약효는 점점 떨어졌다. 거짓말처럼 여자를 만나면 심장이 뛰는 걸 느꼈고 벽에 걸린 시계는 고무줄처럼 늘어나 있었다

동네 한 바퀴

집에서 놀이터까지 삼십 분 걸릴 거야

가면서 신호등을 세 번 건너야 하고

횡단보도는 다섯 번을 건너야 해

나는 저녁밥을 먹고 여덟 시면 집에서 멀어지지

가면서 비닐봉지를 넣고 가는 버릇이 생겼어

처음에 몇 번이나 물었지만 더는 물어보지 않았어

대문을 나서는 순간부터

무엇을 담을까 생각하다 아침에 만난 기억을 담았지

매일 듣는 잔소리를 한쪽 구석에 버리고 신호를 기다렸어

그런 다음 횡단보도를 지나갔어

다시 무엇을 담을까 생각하다

버스에 두고 내린 전화와 노래방에서 목소리를 주워 담았지

그런 다음 다시 횡단보도를 지나갔어

마주 오던 택시를 피해서 말이야

그런 다음 끌로에 향이 나는 여자의 냄새를 담았어

맞은편 횡단보도에서 꽃마을로 가는 버스가 지나갔어

조금만 더 가면 신호등이 있겠지

그런 다음 놀이터까지 코앞이야

그게 우리 동네 한 바퀴야

잠시 고민하다가

신호등과 횡단보도를 봉지에 담고 집으로 돌아왔지

시소

한쪽으로 기울다가 다른 한쪽으로 기울고 있었어

한쪽은 담장 넘어 노을을 볼 수 있었고
조금은 외로웠을 가을이 있었어
해가 떨어지고 남은 아쉬움은 말이야

방패연처럼 방향을 잃은 적이 있었지
밀린 일기를 쓰다가 아랫목에 배를 깔고 누운 날이 있었어
그날은 잠자리가 날아다니고 귀뚜라미가 울고 있었고
한쪽으로 가을이 담장 아래로 지고 있었어

메밀꽃이 필 무렵이었을 거야
울창해진 숲마저 계절이 바뀌면 새로 태어나기 마련이야
한때 팽팽했던 나이는 벼랑 끝에 있었지

그렇다고 낙심할 필요는 없어
해가 떨어지면 다른 해가 솟아오르거든
외롭던 가을이 지나면 타는 노을을 볼 수 있을 거야

•

점 하나면 끝난다. 좋은 말이나 슬픈 감정도 이것이면 끝
이다. 있는 듯 없는 듯 간단하면서 뒤끝이 없다. 다음 차례
는 없다. 변명이 필요 없는, 작은 고추가 맵다는 말에 기백
은 장골이다. 이렇게 명쾌하고 진솔은 처음이다. 어떤 미사
여구(美辭麗句)에서, 몇 권의 책을 묶는다고 해도 이것이 없
으면 끝난다고 끝나는 것이 아니다. 오늘 회의는 마침표로
끝내겠습니다. 쉽게 보여도 막강한 권력을 가진 소유자다.
슬픈 영화를 보거나 신나는 노래를 듣거나 이것이면 끝이
다. 구차하게 긴말을 싫어한다. 무시무시한 권력자도 이것
앞에서는 끝이다. 좁쌀만 해도 끝이다. 끝이 나면 다시 시작
이다

거대한 도시

언덕을 넘어서면 거대한 도시가 있다

거대한 도시는 웅장한 탄생을 기다린다

거대한 도시는 웅장한 숨을 쉬고 있다

거대한 도시는 한 사람이 사는 곳이 아니다

거대한 도시는 엄청난 고통과 죽음과 탄생이 숨어 있고

거대한 도시는 새로운 세상을 위해 다른 음모를 꿈꾸고 있다

거대한 도시는 거대한 세상을 향해 무섭도록 돌진한다

공룡 속 같은 거대한 도시,

거대한 도시는 수많은 여자와 남자와 수많은 건물과 음악과 수많은 희로애락이 숨어 있다

거대한 도시는 밤새 잠들어 있던 도시를 깨운다

거대한 도시는 용트림하듯 도시에서 나온다

거대한 도시는 다시 반란의 꿈을 꾼다

수선집

골목 안쪽에 삼십 년이 넘은 무허가 수선집이 있다. 그 집
을 지나 원조낙지에서 저녁을 먹기로 했다. 불판에 낙지를
올리고 사지(四肢)를 비틀기 시작했고 타오르는 불꽃에 아
끼던 잠바가 순식간이었다. 이렇게 구울 수가 있나, 싶다가
도 누구의 잔소리가 타올랐다. 구멍이 뚫린 소매를 돌돌 말
아 그 집으로 가는 내내 가슴이 답답했고 타버린 소매처럼
밤공기가 차가웠다. 퇴근할 때는 주인의 얼굴이 달랐다. 두
평 남짓한 불빛에서 불황을 잊은 듯 이불속에 파묻혀 있었
다. 짜깁기 한판으로 답답했던 가슴을 풀어주었던 수선집
에서 나는 여전히 단골이었다

〈지구를 부탁해〉

오늘은 종일 비가 내렸다
다음 주 일기예보는 절반이 비가 내린다고 했다
어느 날은 둥둥 눈물이 떠내려가고
어느 날은 둥둥 얼굴이 떠내려갈 거라 했다

오늘은 떠내려간 그녀가 다른 배역을 맡아 투덜거렸다
이번 주말에 있을 〈지구를 부탁해〉를 위해
밥상을 치운 식탁에서 앵무새처럼 울었다 웃기를 반복
했다

그런 그녀와 등을 돌린 나는
며칠째 읽고 있는 『물과 전쟁』의 두께를 상상했다
절반이 넘어 주인공인 그를 연민하면서 힐끗힐끗 그녀를
본다

요즘 들어 그녀는 침묵을 좋아했다

고등어를 구울 때는 신선하거나 고소한 냄새를 좋아했다
실직한 후부터 우울증이 심해졌다며

기억에서 없어지는 얼굴을 손바닥 같은 수첩에 적는다

하나의 인생이 순식간에 뜯겨져 나갈 때
한순간 바닥이 되어버린 7.2 그리고 6의 무대

아버지가 살았던 안방에서 어제를 뽑아내고 저녁을 두들기며
웃음과 노래가 물거품처럼 떠다니다 사라질 것이다
하나의 못에서 다른 하나의 아들이 태어나고
풍경(風磬)이 있던 자리에 키가 큰 다른 아버지가 살아갈 것이다

인생은 그렇고 그런 것
눈물을 흘릴 날이 있으면
눈물을 닦을 날이 있듯이

잘 할 수 있겠지, 수리수리야
〈지구를 부탁해〉

Mr. 고 미용실

한 달이 지나 곗돈을 타듯 그곳에 간다. 그동안 자란 이자만큼 깎아주세요. 원금은 손대지 말고 그달의 이자에 따라 떨어지는 머리카락이 다르다. 어느 날은 길쭉했다가 홀쭉했다가 거울에서 요동을 치기도 했다. 어느 날은 다시 시작할까 했지만 그달이 아까워 용기를 내지 않았다. 문밖을 나서는 순간 다시, 다시 시작해. 한번은 이런 생각으로 그곳에 간다. 고객님, 그러지 마시고 시원하게 고 한번 하세요

제3부

방랑자

사람 사이에 외로움의 간격은 어떻게 될까
사람이 북적한 도시에서
사랑을 찾아 헤매었던 적이 있었던가
가을비가 내린다
외로움을 타는 가을비가 내린다
길은 외갈래길
옷깃을 여미는 거리,
나는 길을 잃고 길을 찾는다
도시는 바람이 부는 대로 움직인다
어제의 사람은 가고
나는 우두커니 계단에 앉아
지하도에서 새로운 사람이 올라오는 걸 본다
속이 빈 강정처럼
소문이 무성했던 재래시장
고된 하루를 창문에 기대고 졸고 있는 여자
나는 길을 잃고 길을 찾는다
방랑자여
방랑자여
외로운 그림자를 안고 가는 방랑자여

모르는 사건들

저마다 편안한 자세로 혁명을 꿈꾸는지
두 남자가 나가고 한 여자가 들어오고
저녁에 무슨 요리를 할까, 고민하다가

말 잇기 놀이를 하듯 일 층 담벼락에 나란히 붙어 있다. 다인실을 옮겨 놓은 것처럼 한 대씩 빠져나가면 햇살에 밀린 그늘이 비집고 들어온다. 오후의 정원에서 커피를 마셨지만 맛을 느끼기에 부족했다. 아나운서가 사라진 오늘의 뉴스를 듣다가 이불을 털기 위해 유리창에 귀를 잡아당긴다. 찌이익, 담벼락이 요란하게 흔들린다

서화성 씨는 말을 잘하거나 요리를 잘하는 편은 아니다
서화성 씨는 사회학자도 아니고 국어학자도 아니다
서화성 씨는 궁금증과 물구나무서기를 좋아하지 않는다
서화성 씨는 서화성 씨를 좋아한다고 말하거나 말하지 않는다

길을 가다가 멈추는 사람이 있고 멀리서 쳐다보는 사람이

있다. 뒤를 돌아보거나 눈을 감거나 고개를 흔드는 사람이
있다. 소녀를 찾고 싶은지 한참을 생각하다 기억에서 그리
기 시작한다. 어느 책방에서 어느 골목에서 걸어본다. 만나
는 순간을 찾았을까. 혹시

　말이 없는 사람과 마주 앉아 무슨 생각을 하는지 눈을 감
는다. 소통이란 알 수 없는 말부터 시작은 아니다. 말랑말랑
한 말과 파란 말에 하얀 말이 있다. 색깔이 있고 향기가 있
고 말이 없는 사람과 말을 한다. 말 못 할 사람과 알 수 없는
말이 다른 벽을 본다. 주위는 온통 파란색이고 지나가는 말
이 하얀 구름 위로 둥둥 떠다닌다

　할인마트 전단지에 고된 발자국이 길을 만든다
　검은 뿔테안경을 쓰고 오른쪽을 보고 다시 왼쪽을 핥는다
　입술을 깨문 자국이 화석처럼 도드라져 있다
　쉽게 밥이 넘어가지 않는 이유는 무엇일까
　한동안 빈 상자에 영수증 딱지가 젖꼭지처럼 붙어 있다

며칠이 지나고 입은 열지 않았다. 오래전부터 비가 내렸고 다리를 뻗고 익숙해진 발바닥 냄새를 맡는다. 식탁에 같은 메뉴가 나오고 같은 표정으로 음악을 듣는다. 식사 시간은 일률적인 간격으로 진행되고 그다지 대사가 없는 무대에서 상처가 아물다와 공든 탑이 무너진다는 말이 진실인 것을 알았다

바닥은 끝이라고 기댈 때가 없다고 말한다. 마지막이라 말하고 바닥이 보이지 않는다고 말한다. 바닥이 보이면 바닥이 없다고 말한다. 하는 일이 바닥처럼 보이지만 바닥 위에는 바닥이 없다고 말하고 바닥이 편안해질 때 바닥은 사라질 거라고 말한다

알리바바의 마법이 숨어 있는 곳
오늘 사는 사람이 가장 기다리는 곳
침묵이 궁금한 그 속의 비밀은 누가 알까

꿈

밤새 돌돌 말린 이불을 펼쳤다

얼굴을 잊어버린 애인의 숨소리를 들을 수 있었고
먼저 간 친구의 웃음소리를 들을 수 있었고

내 엄마의 주름진 목소리를 들을 수 있었고
언제든지 키 작은 고향집 앞마당에 갈 수 있었고

제비처럼 하늘을 날아다닐 수 있었고
간혹, 지하 쪽방에서 시를 쓰고 있었고

탈탈 이불을 접으니
감쪽같이 한바탕 꿈이라는 걸 알았다

파주 2

새벽을 달린다

도시에서 도시로
멀리서 이름 없는 그림자가 자욱하지만
한 치 앞을 볼 수 없는
내 일과도 같은 길

가까이 다가가면 이내 또 다른 장막(帳幕)이
두려움으로 엄습해 오지만
이내 헛된 꿈처럼 사라진다

뒤를 돌아보면
아득히 멀어져 가는
도시적 해무(海霧)

세상은 쥐 죽은 듯 말이 없고
도시와 새벽 사이를 달려가고 있다

첫눈이 내린 길을 아무도 밟아보지 못한 것처럼

세상은 명징하고 청순하다

졸음이 살짝 비껴서 있는
차들이 드물게 지나간다

순간, 없다는 것에 대한 공포감

서서히 도시의 그림자가 드러나자
새벽을 지나고 있었다

스토브리그

안으로 들어가면 할 이야기가 많은 밤이다

아이들은 손을 빼고 얼굴을 빼고 밖으로 나오기 시작했다
백군이 앞서거나 청군이 앞서거나
어깨가 닿을까 말까, 앞집 철이의 키만큼 자란 담장이 있고
삼삼오오 불어가며 거북이 등처럼 생긴 손등을 비비고 있
었다

동백아가씨를 맛깔나게 부르던 빨간 숙이는 백만 송이 꽃
집을 하고 있을까
따발총 옥이는 어쩌면 어느 새벽시장에서 수다를 떨고 있
을지도 몰라

첫눈이 내린다고 복실이는 구주 오신 날처럼 뛰어다닌다
간간이 메밀묵이 익어가는 소리와 별똥별이 떨어지는 고
갯길에서

겨울이 되면 다섯 번째 발가락이 동상(凍傷)에 걸렸던 식

이는 절뚝거리지 않겠지

　상고머리가 유행하던 시절
　가위질이 서툰 누이가 몇 번이나 깎다가 귓불까지 파먹은
시절

　버스를 몇 대나 보내고서야 먼지가 발자국이 된 정류소
　누런 신문지를 돌돌 말아 떡이 된 풀빵 몇 개
　아버지를 기다리다 지쳐버린 나는
　그때의 아버지는 그곳에서 버스를 기다리고 있을까

　물 들어올 때 노 저어라
　청군 이겨라, 백군 이겨라

　숨바꼭질하듯 숨겨둔 알통을 자랑삼던 철이를 두고
　고구마가 말랑해질 때 속이 야무진 이야기를 발라 먹는다

　두툼한 보따리를 터트리기에 적당한 밤,

민낯이 된 난로 옆에서 꺼져가는 불씨를 책갈피에 숨겨
둔다

봄 같은 드라마였다

오늘

오늘의 저녁이 지하철을 타고 간다
검은 잠바를 둘러메고 누구와 말을 주고받는가 하면
한 손에 오늘의 커피를 흔들며 쪽쪽 빨아 먹는가 하면
문이 열릴 때 오늘의 사람이 타고
오늘의 고민을 남기고 오늘의 사람이 내린다
시간이 지날수록 오늘의 저녁은
오늘의 얼굴과 오늘의 우주가 궁금해진다
종점에 가까울수록 빈자리가 늘어나는 법
오늘의 여유와 졸음이 뒤엉킨 걸음으로 걷는다
십 년 만에 걸려온 오늘의 부고(訃告)에
한 번도 보지 못한 그의 과거를 염탐하러 간다
분명, 먼저 간 사람이 가보지 못한 내일은
계획 없이 다시 돌아온다는 것을
오늘의 마지막 열차라는 방송을 듣고 나는
당신이 모르는 오늘이 지나가는 것을 본다

말 속의 뼈

당신의 취미가 뭐냐고 물어본다면
사소한 말에도 뼈가 있다고 말했지
말 속에 표정이 있다는 소리를 듣고 놀란 적이 있었지
그게 말이야, 차갑고 간질거리는 게 있어서 그래
누구는 며칠 동안 앓아눕기도 한다지
그 속에 고름의 색깔은 하얗고 때로는 빨갛고
상처가 아무는 시기는 별반 차이가 없다는 소리지
다음 날 아침, 굳은 빵을 한입 베어 먹는데
왈칵 눈물을 쏟을 뻔했어
한 번 더 먹으면 괜찮겠지, 하고
어금니까지 힘껏 깨물고 먹었지만
빵 하나 먹고 나니 눈물이 흥건해졌어
그날은 정말 큰일 날 뻔했어
파랗거나 시커멓거나
상처가 아무는 시간은 별반 차이가 없다는 거지
속이 편하다는 누룽지를 보글보글 끓일 때
가끔은 말이 다른 친구가 전화했을 때
말을 가지고 노는 수다쟁이처럼

오늘은 무슨 말부터 시작하지
침묵이 말보다 무섭다는 사실을
아는 순간부터 취미가 사라지고 있었어
바퀴가 바람에 빠지듯이 서러워서일까
말이 많은 전기수(傳奇叟)처럼
그놈의 말 때문에 말이야

돌무덤

해가 힘없이 뚝 떨어지고
옆에서 코를 고는 소리가 들리지 않을 때
갈 곳을 잃어버린 터널에서 앞이 보이지 않을 때

밤새 비스듬한 의자에 누워 지새운 날이
하루 이틀을 지나 한 달째,

가슴에 돌무덤이 하나둘 쌓여갈 때
호흡은 터널 안에 갇혀버린 것처럼
눈을 감는다

다시
눈부신 안과를 지나 강철 치과를 지나
변두리 시장을 지나 중앙 빵집을 지나
가슴이 따뜻한 국밥을 말아 먹는다

다시 여섯 시간이 지나면

다시

어제와 같은 어둠과 익숙해진 밤이 온다

그러면 나는
비스듬한 의자에 누워 이 지루하고
지겨운 호흡과 눈을 맞추며
보내야 할 것이다

눈이 침침해지고
코가 막혀 숨소리가 들리지 않는
가슴에 커다란 비석 같은 돌무덤을 얹어놓고

눈물을 흘리며
오늘도
내일도 지겨운 밤이 올 것이다

Dunk Shoot

제목을 무엇으로 할까
대하소설은 아니지만
어디서부터 이야기를 시작할까
며칠째 꼼지락거리는 고민을 끄집어낸다
무슨 대단한 이야깃거리는 아니지만
단단히 묶어진 실타래를 풀듯
첫 문장에서 사연과 알맞은 단어를 찾는다
아침에 어울리는 단어를 찾아 골목을 만든다
전봇대를 만들고 밤 고양이가 지나가고
하늘에서 멀어진 이층집에서 솔솔 아침을 만든다
그런 다음은 무엇이 좋을까
첫 페이지 둘째 줄에 아버지가 있을까
페이지로 치면 몇 페이지에 고성 밤바다가 있을까
장롱에 숨겨두었던 애인을 뺄까, 넣을까
점심에 어울리는 단어를 기다리던
삼대국밥집 입구에서
허리띠를 풀어놓은 남자가 발놀이를 한다
이미 단추 한두 개가 떨어져 나갔으며

가마솥에서 꽃망울이 터지고 있다

허기진 만큼 종을 울리는 괘종시계

바닥에 납작 엎드린 버스 정류장

햇살이 반짝거린 날은 몇 페이지에 있을까

한 권에서 지금은 어디쯤 왔을까

장바구니를 든 여자는 신호등을 두 번째 건너고 있다

서서히 골목과 숨어 있던 고양이가 나온다

선술집 조롱박 사이에서 시계추가 왔다 갔다

어둠이 다음 위기를 넘기고 있다

남은 페이지가 몇 페이지쯤 되는지

그런데 나의 발문은 누가 적어주지

절정을 남겨두고 결말부터 쓸까

책은 책다워야 한다고

두께보다는 무게가 중요하다고

당신의 입에서 회자(膾炙)되기나 할까

아니지,

페이지가 여기서 끝나면 어떻게 하지

구시렁구시렁

걸어서 찻길을 두 번 건너고
육교를 한 번 지나고
요즘 보기 드문 사천 원짜리 미용실이 있다

며칠째 기다렸던 이발을 낮술에 거절당했다
맨살을 파먹을 수 있다고
쉽게 기억을 자를 수 있다며
내일 오라는 말만 듣고 구시렁구시렁 음성이 차단되었다
내일은 머리가 두 배로 커져 있을 것이고
어디에서 없던 배포 탓에 뜬눈으로 하루를 보냈다
어제의 목소리를 기억하지 못했으며
순간, 주인은 눈치도 없이 골목에서 사라졌다
문은 열려 있었고
이번 금요일은 봉사하는 날이라고 다른 사람이 말했다
한 걸음 앞, 새마을금고에 갔다는데
이 의자에서 구시렁 저 의자에서 구시렁
머리카락이 삐죽삐죽
무슨, 새마을운동을 하고 오나

화장실을 두 번이나 갔다 왔는데
이 의자에서 구시렁 저 의자에서 구시렁
다른 사람은 채널을 돌렸다 감기를 반복했지만
아닌 척, 구시렁구시렁 지구를 돌리고 있었다

어제의 기억을 자르는 손놀림
아닌 척,
내 속을 들여다보듯 여러 번 헛기침이다
죽었던 머리카락이 섰다 죽었다가 반복이다
순간, 왼쪽 귀가 사라졌다
기억의 파편이 구시렁구시렁 흥건하게 쌓여 있었다

막차

막차를 놓칠까 봐 자꾸 생각이 난다
겨우 막차를 부여잡고 자리에 앉는다

현재 시각은 오후 11시 21분
네온의 불빛이 어둠을 갉아먹는 듯
거리는 반쪽짜리 절름발이
도시의 유령들

갑자기 날씨가 추웠는지
사람들은 얼굴을 가리고 달린다

고성행 정류장에서 만났던
그녀가 그날 밤 갈대밭을 기억하고 있을까
그곳이 생각날 때면
한쪽 가슴이 없어지는 이유는 무엇 때문일까

나는 그녀를 요요라고 부른다
작았다 커지는

잃어버린 한쪽 가슴을 찾으려고
나는 그곳에서 막차를 기다린다

십이월

끝이 없는 걸음이다
몇 번이나 돌부리에 걸려 기우뚱거렸지만
지구가 흔들릴 만큼 위태롭지는 않았다

해발 1500
해발 1900
구름 위를 걷는다는 건
걸어서 끝이 없다는 건
살점이 떨어져 나간 밧줄을 의지한 채
때로는 지루하거나
때로는 삭막하거나
무릎까지 통증이 밀려와도

목적이란 있을 때가 좋다
올라갈 때는
다리에 힘이 들어갔지만

목적이 없어지면 다리에 힘이 풀리고

걷고 걷는 것이다

삶은 지루하거나
삶은 쓸쓸하지 않아야 한다

텅 빈 간이역에서 방금 떠나버린
기차를 아쉬워한다거나
오지 않을 옛사랑을 첫눈처럼 기다린다거나

갓 볶아낸 커피 향처럼
달콤하거나 달달하지는 않지만
갓 구워낸 식빵처럼
말랑하거나 부풀어 오르지는 않지만

삶은
때로는 투박해도 멋이 있는
바로 그런 것

차가운 손

당신의 손은 차가웠다

사표를 던지고 온 그날부터 심했을 것이다
아마도 사랑이 식은 그날부터 더욱 심했을 것이다

머리카락은 아침부터 헝클어져 있었고
가느린 입술은 퉁퉁 부어 있었다
마감뉴스가 끝나고 한동안 아랫목은 차가웠다
두꺼운 솜이불을 두세 겹 덮었지만 손은 차가웠다
차가운 방에서 이마는 식은땀으로 축축했으며
화장이 지워진 얼굴에서 주름살이 돋아나기 시작했다

베란다에 널린 빨래는 꽁꽁 얼어 있었고
입에서 입은 호흡에 맞춰 서리가 내리기 시작했다
가끔 당신이 부르는 소리가 차갑게 들리곤 했다

머리맡에는 때 묻은 가계부가 무겁게 있었으며

돌아누운 등에서 앓는 소리가 차가웠다

써지지 않는 볼펜이 나뒹굴던 밤,
손마디 사이로 얼음이 얼기 시작했다

피아노

우리 집에는 피아노가 없다

바람이 불어 좋은 날은 쇼팽의 녹턴 제20번에서
그 소리가 클수록 나는 맥박이 빨라진다
그럴 때면 이불을 덮고 자는 척하거나
그 소리와 어울리게 노래를 부르는 척하거나

만우절에 했던 고백은 책장 어디에 있을까

나는 틈만 나면 탑마트에 간다
한곳에 가는 버릇은 무서운 습관이었다
내일을 알 수 없는 아홉 시 뉴스처럼
누구는 나를 자신의 목소리와 같다고 말하고

마지막으로 남는 것은 사랑이 아니라고
자기 고백적인 시가 아니라고

그래서 우리 집은 바람이 불어 좋은 날이 없다

서랍 속에서

서랍 속에서 오래된 니베아 크림을 발견했다. 그 속에는 이미 지워버린 내 얼굴이 있었고 내 과거가 있었고 거울에 비친 주름은 나이를 먹기에 적당했다. 주름을 펴주는 접착제처럼 내 스무 살 잔나비가 있었다. 날지 못해 안달하는 내 시가 있었다

서랍 속에 공중전화카드가 있었다. 누군가를 그리워하던 다이얼이 있었고 잊혀지지 않는 목소리가 있었다. 어제 산 안경을 찾듯이 전화번호를 기억에서 찾는다. 그 속에서 나를 찾는다. 목소리를 찾다가 내 얼굴을 그리기 시작했다. 내 키 작은 스무 살과 걸었던 어느 새벽길을 찾는다

간간이

간간이 바람이 불다가 멈춘다. 간간이 창문을 열고 바람에게 묻는다. 간간이 외롭거나 슬퍼지면 어떻게 하지. 간간이 하늘을 보면 어떻게 하지. 간간이 숨었던 핏줄이 나온다. 간간이 일기예보에서 동쪽을 좋아한다고 했어. 간간이 편지를 쓴다. 간간이 어디서 뭐 하지. 간간이 보고 싶을 때 어떻게 하지. 간간이 나뭇잎이 떨어지면 세상이 끝이라고 울었어. 간간이 외로움을 알았고 바다가 보이는 방에서 울기도 했었지. 간간이 바람이 불었고 간간이 슬프기도 했어. 간간이 슬퍼지면 편지를 쓴다. 간간이 어디에 있니. 간간이 보고 싶을 때 생각이 나겠지. 그때는 간간이 슬퍼지거나 외로워지겠지

나

내가 설 자리가 없었다

누구와 말할 사람이 사라지기 시작했고

신호등이 더디게 바뀌었으면 하고 바랐다

얼마 전에 걸었던 길에서 무거운 어둠을 보았다

신호등은 호흡을 멈춘 듯 움직이지 않았고

칼날 같은 바람이 내 얼굴을 스쳐갔다

수많은 사람이 앞을 지나가도

그들의 얼굴을 볼 수 없었다

혼자가 된다는 것,

추위를 피해 어디로 뛰기 시작했지만

신호등이 바뀌었는데도 나는 갈 곳을 잃어버렸다

사람들 사이에서 투명인간이 되어 있었다

한사코 어둠을 건너야 한다며

발걸음을 재촉했지만 더는 걸을 수가 없었다

주저앉을 수밖에 없었던 그날은

뼛속까지 추위를 느끼는 밤이었다

로타리공원

내 삶을 탕진한 날, 로타리공원을 걸었어
그곳은 바위가 보이지 않았고 바위만 한 이름이 가득했지
다른 음악이 나오고 달밤에 체조하듯 구름은 없었어
보폭만큼 뒤따라가는 강아지가 보였어
그곳을 지나가는 사람은 뒤꿈치를 들고 걸어갔지
가게 앞에는 몇 년째 낡은 비닐이
보물을 숨기듯 돌멩이 몇 개를 입에 물고 있었어
하늘을 동경하는지 거꾸로 있었고
하나로마트는 먹이사슬에 눈부실 정도로 깜빡거렸어
붕어빵 장사는 눈이 튀어나올 정도로 하품을 했지
누런 봉투가 책꽂이에 꽂힌 소설책처럼 두껍게 있었어
택시는 시위하듯 정류장에 일렬로 있었고
지루한 기사는 일발장전을 노리며 핸들을 잡고 있었지
모두가 잠든 시간이었을 거야
내 삶을 탕진한 날,
신호를 기다리던 버스는 아무 일 없다는 듯이 왼쪽으로
가고 있었어

제4부

한 시간

한 시간이면 무엇을 할 수 있을까. 소설을 쓰다가 단편소설은 읽겠지. 빠르게 걸으면 지구를 몇 바퀴 돌다가 몇 번은 들었다 놓았다 할 수 있겠지. 늦잠을 자거나 봄이 피다가 지겠지. 몇 번째 꿈을 꾸면서 울고 있을까. 공포 영화를 보거나 긴장이 고조되는 순간일지도 몰라. 다른 여자와 다른 생각하기에 충분한 시간이지. 머리를 감았다 말린다. 기다리던 버스가 지나간다. 사람들은 어디로 가고 있을까. 누구는 몇 초 사이에 이상형이 다르다며 얼마나 많은 사람이 기다리고 사라질까. 아니면 깨어날까. 아니면 엄청난 웃음이 생겼다가 사라지겠지. 단편소설을 읽다가 지구를 들었다 놓았다 하겠지. 화장실에서 졸다가 꿈을 꾼 적이 있었지. 다른 여자를 생각하면서 머리를 감은 적이 있었다. 그날은 몇 번째 버스를 놓치거나 지나가는 사람들이 어디로 가는지 몰랐다. 얼마나 많은 사람이 무덤에서 숨 쉬고 있는지 몰랐다

마요네즈만 빼고

주말만 빼고 얼굴을 볼 수 없었다. 문을 열고 신발을 보면 다녀간 흔적과 언제쯤 올 거라는 약속이 바닥에 있었다. 식탁에 불이 켜져 있었고 의자는 비어 있었다. 며칠 동안 침묵이 안방에서 마루를 지나 건넛방에 있었다

침묵과 싸우며 열한 시 뉴스를 보다가 양치질을 한다. 오늘도 어김없이 거울 속의 나와 입을 맞추고 기억에서 자란 수염을 뽑기로 했다. 며칠 자 신문에서 읽었던 마요네즈만 빼고를 다시 읽다가 부재중 전화를 받았다

나만 빼고 등을 돌리고 누웠다가 누구라고 할 거 없이 불을 끄고 이불을 덮는다. 커튼을 치고 밖의 공기를 차단하고 밤의 풍경을 꿈에 넣고 눈을 감았다. 독백처럼 천장을 보다가 혼잣말에 익숙한 듯 입에서 단어를 만들기 시작했다

속에서 부글부글 끓고 있었고 베개와 익숙해진 새우잠은 아직이다. 라면을 끓일까, 했던 생각은 얼굴이 부기로 한 날부터 라면만 빼고 먹어야겠다고 다짐했다. 다시 일기를 쓸

까도 생각했지만 그건 사치와 구속이라고 말했다

세상과 단절된 약속을 어긴 적이 있었다. 마음먹고 각서를 여러 장 쓰고 건넛방을 지나 얼굴이 없는 거울을 보고 있었다. 신문을 읽다가 천장을 보다가 혼잣말을 하기 시작했다. 일기를 쓰기로 한 날부터 수프만 빼고 라면을 먹기로 했다

503호 임대아파트

바람이 휘청거리는 횡단보도를 지나면
톱니바퀴처럼 막 물린 임대아파트가 밥알처럼 있어요
떡밥을 으깨놓은 듯한 504호, 엘리베이터가 없는 그곳에
화목하지 않은 시청에서 퇴직한 경비원 박 씨가 살고 있
는데요
일찍이 아내와 이별하고 하나 남은 아들마저
생이별을 한 뒤부터
어떤 이별에도 눈 깜짝하지 않는 강심장을 가졌다 들었
어요

방바닥에서 귓속말처럼 들리는 새벽이 오나 봐요
물 내리는 소리와 미세하게 비치는 불빛이
유리창 사이로 비집고 들어와 나를 눈 뜨게 하네요
몰래 들어와 놀란 적이 한두 번이 아니었어요
어쩌다 낮술을 한 날은 계단에서 잔다거나
종일 TV 소리에 벽을 두어 번 두드리는 게 그와 전부였
어요

어느 날은 베란다에서 먼지를 툭툭 털기도 했어요

그 옷에 맞게 이 잡듯 벼룩신문을 뒤적거렸지만
나하고는 먼 나라 이야기가 빼곡히 적혀 있었어요
감당할 만큼 내리는 비는 세상과의 유일한 통로라네요

지난 토요일에 이사 온 502호와 통성명은 없었어요
한때 잘 나갔다며 나이키가 입꼬리를 치켜들고 있네요
그것이 얄밉기까지 했으니까요
그날은 리어카를 끌고 동네 구석을 돌고 돌았어요

이틀이 지나면 털 잠바를 입어야 하나, 여전히 고민이에요
벌써 걱정거리가 하나 더 생겼다며
화창한 날에 빗물이 뚝뚝 떨어지네요

지문

어제 걸었던 포장마차 거리에서
팔도 실비집은 언제나 그랬듯 고전처럼 있었다
그의 얼굴은 섹시하거나 미끈했으며
대문을 나설 때만 해도 그랬다
미래부동산을 지나 늘푸른가게를 지나
간혹, 비를 맞고 정류장에 있을 때도 그랬다
그를 붕대로 감듯 감싸고
구둣방에서 분칠을 할 때도 그랬다
헛발질하거나 웅덩이에 빠지거나
발을 동동거리거나 그는 살짝 그랬다
정오가 지나고 기침과 졸음이 밀려오고
약이 필요하지 않은 그였지만 살짝 그랬다
버스가 지나가기를 기다리다 커피를 마신다
아마도 나이로 치면 오십을 넘어
만성이 된 어깨가 고질병처럼 아팠을 것이다
거리의 지문들,
그가 지나간 자리는 다른 그가 지울 것이다
해가 지면 엉뚱한 글씨처럼 비뚤비뚤해지고

상갓집에 있을 그는 그림자를 비추듯 다시 그랬다

기억을 지울 수 있어 좋았다

새벽이 지나고 나서 그랬고

밑바닥이 닳을수록 세상과 멀어져 있어 그랬다

홍합탕

비 내리는 날이면
부엌 구석구석 맛이 배기 시작했다
짠맛도 덜하고
싱거운 맛도 덜한
단비처럼 적당하게 끓고 있었다

전화는 없었고
〈아픈 사랑〉 일일 연속극도 끝나가고

짠맛이 시간에 맞춰 올라왔다
싱거운 맛은 이미 바닥에 없었다

마감 뉴스를 알리는 냄새,
홍합탕은 반쯤 달아
뚜껑은 뜨거워졌다
오늘 밤을 이겨내기에 힘겨워 보였다

하루를 넘기고

전화는 없었고
〈너 혼자 산다〉 재방송은 끝나가고

홍합은 쪼그라들어
짠맛에 짠맛을 더해
이미 밑바닥을 드러내고 있었다

비가 그치고
여전히 전화는 없었고
부엌 구석구석 짠맛은 사라지고 없었다

도시가 없어지다

도시가 없어졌다
월요일이면 옆자리를 지키던 우리생명 김 대리가 없어지고
국보빌딩 613호 회계사무실에서 일하던 영숙 씨가 없어
지고
발바닥이 땀나도록 뛰어다니던 행복택배 박 기사가 없어
지고

도시는 언제부터 없어져 있었다
거미줄이 되어버린 도시,
사람의 목소리가 없어지고부터 이상한 소문이 떠돌기도
했다

신호를 무시하고 달리던 오토바이가 버스를 앞지른다
마을버스에서 내린 김 대리와 영숙 씨와 박 기사는 한 건
물에 살지만 말을 걸지 않는다

여전히 대낮 도시는
밤과 낮의 경계를 두고
외줄타기를 하고 있다

소설가 J씨의 하루

비슷한 말은 초조이거나 긴장이라는 말이 있다. 불안하다고 무작정 뛰는 사람이 있고 다른 불안은 다른 불안에서 길을 잃거나 웃는 사람이 있다. 누구는 몇 년째 집 밖에 나가는 것이 무섭다고 했다. 바람이 부는 아침을 싫어한다고 했고 새로 산 신발이 싫다고 했다. 일주일째 같은 양말을 신거나 연애를 앞두고 이발을 못 하는 사람이 있고 우체국을 지날 때는 궁금하거나 한참을 서 있는 사람이 있다. 흔들의자는 눈이 아프고 연필로 써야 좋은 글이 나온다는 소설가가 있다. 한편으로 희망적이거나 유보적이거나 했다. 절망은 관심 밖이거나 다른 습관이 불안처럼 다가올 때가 있다. 오다가 지나가는 사람이 있고 불안하거나 가던 길을 묻기도 했다. 그러는 동안 새로 산 신발을 신고 소설가 J씨가 우체국 앞을 지나가고 있다

건너편 그 집

맛이 좋다고 소문난 정식집 건너편에 간판이 있거나 없는 집이 있다. 태풍이 불 때가 아니면 간판이 보이고 문을 여는, 적어도 한동네에 살아야 안다는 그 집을 익숙해진 무의식으로 힐긋 보고 돌아선다. 열두 시가 입력이 된 사람들이 어제의 용사처럼 모이기 시작한다. 고작 열댓 개 의자를 두고 살갑게 등을 비비고 어느 날은 의자 하나가 비거나 많을 때가 있다. 목수쟁이 박 씨와 한 살 아래인 최 씨는 무거운 어깨를 내려놓고 자리에 앉는다. 밥 먹기 전에 막걸리 한잔이 보약이라며 단숨에 벌컥벌컥 마신다. 언제나 같은 얼굴이지만 데면데면하게 안부를 묻거나 오늘이 무사하기를 건네는 사이다. 주는 대로 먹고는 더는 주문을 하거나 목소리를 높이지 않는다. 반찬은 기껏해야 서너 가지, 그러는 동안 데면데면하게 젓가락이 오간다. 고봉밥은 몇 숟가락과 비례하듯 눈 깜짝할 사이다. 집을 나설 때는 휘파람을 불며 손사래를 친다. 무슨 별맛이 없어 보이는 그 집은 간판이 없는 날, 폐허처럼 바람이 분다

말, 말, 말

어느 산골에 비대면이라는 마을이 있었다
그가 마을에 찾아온 뒤로
자기 집처럼 턱 하니 안방을 차지하기까지 했다
바깥으로 돌아다니는 사이에
사람들은 입을 막고 얼굴을 가리기 시작했다
몇 날 며칠 무전취식하고 돌아가지 않았다
무슨 비밀을 아는 것처럼
낙엽이 지고 개나리가 물들어 있었다
사람들은 원수처럼 거리를 두기로 했고
멍하니 하늘을 보는 날이 많았다
그러는 동안 새로운 노래를 부르고
새로운 얼굴을 만들기 시작했다
집이 둥둥 떠내려가고
매미처럼 하늘이 몇 번 울었지만
같이 우산을 쓰고 같이 목소리를 낮추고
어깨를 나란히 했다
어느 날인가 마을에 이름 모를 꽃이 피고
사라졌던 말이 돌아오기 시작했다
그 일이 있고 난 뒤 마을이 사라졌다는 말이 있었다

의자

살신성인(殺身成仁)이라는 말이 어울릴 거야. 군말 없이 자기 몸을 온전하게 내어준다는 것, 말 못 한다고 말을 못 하는 건 아니다. 말하는 재주를 배우지 못했을 뿐이지. 말을 못 하는 건 부끄러운 게 아니지. 그렇다고 무게를 탓하거나 누구에게 자리를 탓하지 않는다. 불만을 모르고 투정을 부리지 않는다. 힘들면 쉬었다 가라고 그렇게 내어준다. 그 사람이 어디에 있든지 어느 곳에 있든지 누구냐고 묻지 않는다. 한철 봄볕에도 한철 된서리에도 그 자리에 말없이 있다. 누구를 기다리고 누구를 떠나보내도 원망하거나 탓하지 않는다. 당신이 묻는다면 나는 의자가 되고 싶다고 말할 거야. 당신은 당신을 순응주의자라고 부른다. 다리 하나쯤 없어진다 해도 세상을 원망한 적이 없어. 이보다 거룩하고 아름답게 지탱하는 것이 어디 있으랴

71번 버스

아옹다옹 옹기종기 싸우면서 등을 돌리다가
71번 버스를 기다린다

어디로 열심히 전화하는 여자, 불빛을 찾아 신문을 읽는
남자, 무거운 가방을 든 남자와 여자, 지하철 바닥에서 빠져
나오는 여자, 78번 버스가 지나간다. 87번 버스가 지나간다.
손잡이를 꽉 잡은 남자, 순간적으로 졸고 있는 여자, 생각을
멈추고 고개를 내미는 여자, 겨울 양복을 입은 남자, 17번
버스가 지나간다. 71번 버스가 지나간다. 빨간 모자를 눌러
쓴 여자, 등산 배낭을 멘 남자, 배가 나온 남자와 배가 부른
여자, 혼잣말을 하는 남자, 입술을 오물거리는 여자, 술 냄
새를 풍기는 여자와 남자

수많은 고민과 고민이 꼬리를 물고 내린다
다시 첫 번째 정류장인 행복한 1번지로 출발합니다

그늘

골목을 들어서면 그늘은 심술을 부리기도 하지
자전거를 타고 등에 붙어 있거나
술래잡기하듯 숨어버리거나
어떻게 생겼는지 모르겠지만 늘 그랬어
곡선이든 직선이든 틈만 나면 그랬지
아마도 욕심쟁이처럼 땅따먹기는 고수(高手)일 거야
스파이더맨처럼
우리 아파트 왼쪽에 붙었다가
전봇대 꼭대기에 붙었다가
한 곳에 있지 못하는 바람둥이가 틀림없어
차들이 지나가다 멈춰 있거나
주차장에 깊숙이 숨어 있거나
그럴 때면 숨소리가 들리지 않았어
때 아닌 눈이 내리거나
구름이 살짝 지나가거나
그런 날은 어디에 있는지 알 수가 없었지
그래도 심술쟁이는 아니야
그래도 욕심쟁이는 아니야

제집처럼 옥상에 붙어 있는 거 빼고는

서서히 헤어질 때를 아는

하지만

어둠을 싫어한다는 약점이 있다는 게 문제지

고민은 양파 같다고

막걸리 두 병이 냉장고에 대못처럼 박혀 있다

무슨 고민을 듣다가 말았는지

속에서 부글부글 끓고 있다

근육을 키우는 철봉을 지나

아직 달력이 한 장 남았네요. 찢을까요, 말까요

며칠 세수를 안 한 목소리다

어서 말하세요

어서 말해달라니까요

맛보지 못한 음식이 여기저기 대낮의 발자국처럼 놓여
있다

어쩌다 심장이 없는 사람과 농담을 하면서 걸어가요

아주 농담스럽게 말입니다

몇 번을 읽고 몇 번을 생각했다. 꽁꽁 언 두 발이 빨갛게
따뜻해지기 시작했고 달빛이 빨갛게 물들어 있었다. 고민
이 하나둘 늘어갈 때 홍당무처럼 빨개진 이유를 그때 알았
다

몸

몸이 말하는 걸 들어봤어

몸은 거짓말을 못 해

몸은 아주 정직하거든

둘이 모를 정도로 때로는 단순해

세상과 동떨어져 있지만

여태껏

이보다 적극적인 구애는 처음이야

어쩌면 좋겠어

바람피우면 얼굴이 울그락불그락

밤낮으로 잠을 설치기도 한다지

오른손을 드는데 왼쪽 뺨이 움직이고

하루 저녁에 얼굴색이 파랬다가 노랬다가

길을 가다

몇 번이나 정신을 잃을 뻔했지

아무튼 지조는 있다고

한번 정을 주면 절대로 배신이 없거든

자고 일어나면 그래서 속이 편해

어떤 때는 다리에 힘이 빠져 어쩔 수 없었어

근데 말이야

그럴수록 정신은 말짱하거든

무단투기

멀리 던지세요. 아무도 눈치 못 채게 알겠죠. 자자, 준비
되었나요. 저기 저 두 번째 아저씨, 줄 좀 똑바로 서세요. 다
섯 번째 아줌마, 오늘은 무엇을 가져오셨나요. 어제 맛있게
먹었던 갈비뼈는 안 되는 거 아시죠. 두 번째 아저씨, 참 말
안 듣네요. 호주머니에 숨겨둔 게 뭐예요. 그건 안 된다고
이미 말씀드린 줄 아는데요. 어서 집에다 두고 오세요. 저기
저 꼬마 아가씨, 일기장을 왜 버리려고 하니. 추억은 이미
낡고 오래된 쓰레기라고, 그래도 그건 아니지. 아저씨, 선글
라스 낀 아저씨, 폼 좀 그만 잡으시고. 이리 봐도 내가 전직
메이저리그 1군 선발투수였다고요. 무슨 그런 심한 농담을
하하하, 모두 몸 풀 준비 되셨나요. 자아, 준비 들어갑니다.
첫 번째 선수부터 크게 와인드업하시고. 하나, 둘, 셋 준비
하면 던지세요

예약

주문하신 마스크 나왔습니다. 말을 하고 싶을 때는 마스크를 쓰세요. 말을 걸러주기도 하고 시원하게 속을 풀어주기도 합니다. 상대방이 알아듣지 못하는 기능이 있고요, 잔소리를 못 하게 하는 기능이 부가적으로 있습니다. 중년부부가 싸울 때는 이게 딱이죠. 저 물건은 어때요, 판매하기는 조금 이른 상품인데 집에 두면 행복해질 겁니다. 이번에 신상품으로 나온 귀마개 한번 보실래요, 듣기 싫은 잔소리는 바로 차단됩니다. 정말로 추천상품입니다. 아니면 이건 어때요, 보고 싶을 때 보는 안경입니다. 천리안은 아니지만 당신이 생각한 대로 볼 수 있답니다. 살짝 키스 정도는 볼 수 있고요. 마스크를 한 남자가 중얼거리며 지나가고 검은 넥타이를 맨 남자가 두꺼운 안경을 쓰고 지나간다. 귀보다 큰 귀마개를 한 다른 남자가 지나간다. 방금 키스를 한 애인이 지나간다

친절

때로는 너무 과하면 안 돼. 적당한 온도가 적당한 체온을 만들어주잖아. 적당히 지루하거나 서성거리는 경우가 좋지. 적당한 얼굴에서 긴장은 적당한 미소를 만들지. 적당히라는 사전적 의미에서 적당한 거리가 있었어. 애인 사이도 마찬가지지. 적당히 걷거나 적당히 소화하기 쉽게 걸었어. 적당히 밀고 당기고 재미있잖아. 적당한 시간에 점심을 먹고 적당히 커피를 마시고 적당한 언어를 유지하면서 적당히 약속을 잡는 거야. 적당한 장소에서 헤어지고 적당한 사람과 적당히 키를 유지하고 걷는 거야. 적당한 말을 주고받으며 적당한 의자에 앉았다가 적당히 어깨에 손을 얹고 적당히 취한 채 걷는 거야. 적당한 오후에 비가 내리고 있었지. 적당히 차들이 지나가고 있었어. 적당히 지루하거나 적당히 미소를 지으며 적당한 거리를 유지하고 걸었지. 적당히 커피 마시고 적당히 비를 맞으며 적당한 미소로 걷고 있었어

'나'를 찾아가는 여정

문종필

> 내 생애 봄날이었을까, 콩알만 한 심장이 구름빵처럼 부풀
> 어갈 때 봉했던 입을 연다. 장미꽃이 모락모락 피어난 글에서
> 사슴이 뛰어다니고 까치가 날아다니고 그날은 공복인데도 배
> 가 남산만 했다. 앞마당에 장미꽃이 울긋불긋 만발했다
>
> —「까치」 부분

스스로를 응시한다는 것은 무엇일까. 조용히 앉아 나를 쳐다보
며 내 얼굴을 만지는 행위는 무엇일까. 편수는 적었지만 유독 이
시집에서 이러한 힘이 강하게 느껴진다. 시가 고백의 형식을 지
녔기에 나에 대한 흔적이 묻어나올 수밖에 없는 것이 당연하나 이
시집은 '나'에 대한 탐구가 짙게 드러나는 것 같다. 그렇다면 그 이
유는 무엇일까. 밖을 향해 돌출된 눈(目)으로 세상을 쳐다보는 것
이 아닌, 내 안으로 시선을 돌리는 이유는 무엇일까. 화자가 많이
지쳤기 때문일까. 더는 그 누구도 '나'를 쳐다봐주지 않아서일까.

'나'만의 한계를 깊이 느꼈기 때문에 소비된 '나'를 버리고 새로운 '나'를 찾고자 했던 것일까. 불안을 동반한 이 모습은 무엇일까.

> 내가 설 자리가 없었다
> 누구와 말할 사람이 사라지기 시작했고
> 신호등이 더디게 바뀌었으면 하고 바랐다
> 얼마 전에 걸었던 길에서 무거운 어둠을 보았다
> 신호등은 호흡을 멈춘 듯 움직이지 않았고
> 칼날 같은 바람이 내 얼굴을 스쳐갔다
> 수많은 사람이 앞을 지나가도
> 그들의 얼굴을 볼 수 없었다
> 혼자가 된다는 것,
> 추위를 피해 어디로 뛰기 시작했지만
> 신호등이 바뀌었는데도 나는 갈 곳을 잃어버렸다
> 사람들 사이에서 투명인간이 되어 있었다
> 한사코 어둠을 건너야 한다며
> 발걸음을 재촉했지만 더는 걸을 수가 없었다
> 주저앉을 수밖에 없었던 그날은
> 뼛속까지 추위를 느끼는 밤이었다
>
> ―「나」 전문

시집에 수록된 많은 작품 중, 이 시에 가장 먼저 손이 닿았던 것은 '나'에 대한 진솔한 고백 때문이다. 시인은 이 작품에서 위태로운 자신을 그려낸다. 그는 현재 설 자리도 없어 보이고 그의 주변에는 함께 말할 사람도 없는 듯하다.

"신호등이 더디게 바뀌었으면" 하고 바라는 것은 잠시나마 군

중 속에서 체온을 느끼고 싶은 것인데 이것도 쉽지 않다. 신호등이 바뀌고 난 후, 그 누구도 시인의 살결을 원하지 않는다. 시인은 홀로 서서 사람들을 쳐다볼 뿐이다. 그 누구도 자신을 응시해주지 않으니 자연스럽게 시선은 나에게로 향할 수밖에 없다. 나는 누구인가. 지금까지 잘 살아왔는가. 나는 지금 무엇을 할 수 있을까. 시인은 홀로 선 것이 아니라, "혼자가" 되었다. 그는 무인도에 홀로 남아 자신과 사물들에게 말을 걸기 시작해야'만' 한다. 이 과정에서 진정한 나를 찾아야 한다. 그렇지 않다면 그는 힘없이 쓰러질 것이다.

이러한 적막감을 버티기 힘들었나 보다. 시인은 뛰기 시작한다. 이 상황을 어찌할 수 없어서 무조건 달린다. 이곳과 저곳을 구분하지 않고 여러 신호등을 질주하며 허벅지에 힘을 더 쏟는다. 이 움직임은 목적이 없다. 이 상황을 버티기 위한 하나의 방편이다. 이것이 이유라면 이유이고 목적이라면 목적이다. 하지만 이 행위가 점점 깊이 가라앉는다는 것이 문제다. 그는 달리면 달릴수록 "투명인간"이 되고, 걸으면 걸을수록 더 이상 걷지 못한다. 끝내는 "주저앉을 수밖에" 없는 상황에 직면한다. 시인은 그날을 "뼛속까지 추위를 느끼는 밤"이었다고 기억한다.

어쩌면 이 시편 이후, 시인은 또 다른 '나'를 발견하게 되는지도 모르겠다. 모든 것을 잃고 난 후, 할 수 있는 것은 '나'를 쳐다보는 것밖에 없다. 장 자크 베넥스 감독의 영화 〈베티 블루 37.2〉의 조그처럼 가장 소중한 것을 잃어버렸을 때, 소설은 쓰인다. 시인도 밑바닥에서 무엇인가를 다시 쓸 것 같다.

그는 "내 삶을 탕진한 날"(「로타리공원」)에도 이런 생각을 했을 것이고, "한 시간이면 무엇을 할 수 있을까."(「한 시간」)라고 몽상하며 이와 비슷한 생각을 펼쳤을 것이다. 살아감에 있어서 우리는 늘 새로운 '나'와 마주하게 되는데, 이 작품을 통해 시인은 '나'와는 다른 '나'와 마주하며 자신을 갱신하고자 한다. 이 여정이 시집 곳곳에 녹아 있는 것 같다.

이 시집에서 고성(固城)이 자주 언급되는 것도 '나'의 천착과 무관하지 않다. 고성은 시인에게 고향이었는데, 이 장소가 여러 편의 시에서 소환된다. 이러한 방식 또한 '나'를 다시 쳐다보고자 했던 시인의 의도와 무관하지 않다. 나를 깊게 침투해 응시한다는 것은 궁극에는 나의 기원을 더듬는 행위와 만난다. 시인은 "파장한 고성집에서 손님이 두고 간 소주를"(「고성집」) 마시며 삶에 대해 생각하고, "한동안 말을 잃었다"(「고성행」)며 생각에 생각을 거듭한다. 자신의 옷에 "덕지덕지 묻어" 있는 "붉은 노을"(「여기, 고성」)을 회상하며 지난날의 '나'를 응시한다. "먼지가 뿌연 두메산골"(「봄날 이력서」) 주변을 조용히 돌아다니며 '나'의 흔적을 더듬는다. 시인은 다시 일어날 수 있을까.

　　다시 밑줄을 그을 수 있을까

　　나에게 밑줄을 그은 날이 며칠이나 될까
　　하루에 수십 번의 고비를 넘긴 날이 많았다
　　에메랄드 오월의 호수는 아니지만
　　제야의 서른세 번째 종소리는 아니지만
　　바람이 분다고 쓰러지지 않는 고목(古木)처럼 버틴 날이 많
　았다

미세먼지에 집안 단속을 단단히 하라고
육십인 아들에게 불안하다는 듯이 조곤조곤 타이른다

세상에 조심해야 할 것이 어디 이것만 있겠냐마는
수십 번의 고비를 넘긴 날이 많았다고
알아듣지 못하는 말을 수화처럼 이야기한다

그런 당신은 유서처럼 말을 하기 시작했다
실망이라는 걸 알면서도 버리지 못했던 날이 많았다
국밥을 말아 빈속을 데웠던 날,
하루에도 가슴이 뛰고 밑줄을 포기한 날이 많았다

오일장에 가도
소소(騷騷)해진 발걸음과 마음이 비어 있는지 몰랐다

수십 번의 고비를 넘기고 오뚝이처럼 일어날 수 있을까
다시 밑줄을 그을 수 있을까

—「밑줄」 전문

이 시에서 우리는 어렵지 않게 시인의 입장을 셈할 수 있다. 그
는 스스로에게 "다시 밑줄을 그을 수 있을까"라고 묻고 있다. "나
에게 밑줄을 그은 날이 며칠이나 될까"라고 묻는 장면에서는 끝이
연상되는 것 같다. 그렇다. 시인은 죽음 가까이에 있다. 시인은 죽
음을 응시하며 과거의 우직했던 '나'를 회상한다. "하루에 수십 번
의 고비를 넘긴 날"이 많았다는 것과 "바람이 분다고 쓰러지지 않
는 고목(古木)처럼" 버텼다는 것이 그것이다. 버틴다는 것은 지난

한 삶이다. 이런 삶이 안쓰러웠을 것이다. 육십이 넘은 아들에게 당신은 천천히 걸어와 그의 어깨를 토닥여준다.

이러한 발화는 한 개인에게 한정되지 않는다. 어떤 삶이든 고단하지 않는 삶은 없기 때문이다. 화자는 자신의 삶을 통해 우리를 이야기한다. 독자들은 이 시를 읽으며 당신의 삶이 아닌 나의 삶을 동시에 떠올릴 수 있다. "수십 번의 고비를 넘기고 오뚝이처럼 일어날 수 있을까"라는 질문을 시인이 포기하지 않는 한 우리도 삶을 새롭게 응시할 필요가 있다.

　　끝이 없는 걸음이다
　　몇 번이나 돌부리에 걸려 기우뚱거렸지만
　　지구가 흔들릴 만큼 위태롭지는 않았다

　　해발 1500
　　해발 1900
　　구름 위를 걷는다는 건
　　걸어서 끝이 없다는 건
　　살점이 떨어져 나간 밧줄을 의지한 채
　　때로는 지루하거나
　　때로는 삭막하거나
　　무릎까지 통증이 밀려와도

　　목적이란 있을 때가 좋다
　　올라갈 때는
　　다리에 힘이 들어갔지만

목적이 없어지면 다리에 힘이 풀리고
걷고 걷는 것이다

삶은 지루하거나
삶은 쓸쓸하지 않아야 한다

텅 빈 간이역에서 방금 떠나버린
기차를 아쉬워한다거나
오지 않을 옛사랑을 첫눈처럼 기다린다거나

갓 볶아낸 커피 향처럼
달콤하거나 달달하지는 않지만
갓 구워낸 식빵처럼
말랑하거나 부풀어 오르지는 않지만

삶은
때로는 투박해도 멋이 있는
바로 그런 것

—「십이월」 전문

앞선 작품들이 다소 우울했다면 이 작품은 삶에 대한 기대와 희
망을 품고 있다. 시인은 "몇 번이나 돌부리에 걸려 기우뚱거렸"고
위태로웠다. 하지만 "지구가 흔들릴 만큼 위태롭지는 않았다"며
여유 있게 유머로 받아낸다. 이 여유가 이 시를 유쾌하게 통과한
다.

시인은 산을 오르는 장면을 끌고 와 '목적'이 있는 삶을 강조한

다. 그 이유는 "목적이 없어지면 다리에 힘이 풀리"기 때문이다. 어쩌면 이 발언은 삶의 권태나 허무와도 만나는 것 같아 조금은 위험하게 느껴진다. 하지만 이러한 불안마저 궁극에는 극복되는 것 같아 마음이 놓인다.

시인은 쓸쓸하지도 지루하지도 않은 것이 삶이라고 강조한다. 이 말은 그가 살아온 삶이 지루하기도 했고, 쓸쓸하기도 했다는 말로 들린다. 쓸쓸함과 지루함을 겪은 자만이 부정의 형태로 길을 제시할 수 있다. 이런 의지로 인해 삶은 오히려 더 빛난다. 이제 더 이상 시인은 화려한 삶이 아니더라도 여유 있게 살아갈 수 있을 듯하다. "오지 않을 옛사랑을 첫눈처럼 기다린다거나//갓 볶아낸 커피 향처럼/달콤하거나 달달하지는 않지만" 삶은 투박한 대로 의미 있음을 깨달은 것이다. 위의 시처럼 있는 그대로를 받아들이는 것은 용기와 시간이 필요하다. 시인은 이것을 몸으로 보여주었다. 시인은 이 시집에서 '나'에 대한 탐구를 감행했는데, 최종 종착지는 아마도 이런 삶일 것 같다.

*

가족에 대한 이야기를 이 시집에서 어렵지 않게 찾을 수 있다. 가족은 아무리 강조해도 지울 수 없다. 소중하다는 것을 잘 알고 있지만 습관처럼 너무나 익숙하게 받아들이는 것이 가족이기도 하다. 그러다 보니 서로에게 소원해지는 것이 일반적이다. 어느 날 애틋한 대상이 사라질 때, 그때서야 소중함을 깨닫게 되는 것이 가족이다. 시인에게도 이런 경험이 있었던 것 같다. 시인은 '마

'수걸'이라는 제목으로 시 한 편을 지었는데 이 시에 이러한 감정이 녹아 있다. 참고로 마수걸이는 처음으로 물건을 팔 때, 얻는 소득을 의미한다.

오래전 일이 되어버렸다

첫날 새벽에
나무껍질 같은 아버지 등을 밀어줄 때
시원하게 빨대를 꽂아 요구르트를 마실 때
집에 가다 파전에 막걸리 한잔할 때

첫날 새벽에
나무뿌리 같은 엄마와 고성행 첫 버스를 탈 때
먼지가 앉은 어깨를 딱딱 말없이 털어줄 때
유난히 어둠에 가린 흰머리가 깜박거릴 때
보따리를 이고 저만치 앞서갈 때

주름진 아버지가 싫어 등을 피나도록 민 적이 있었다
그래도 아버지는 아픔을 참는지 어깨를 들썩일 뿐
주름을 밀면 주름이 펴지는 줄 아는 나이가 지나
조금만조금만 더 했지만
더 이상은 아버지와 목욕탕에 갈 수 없었다

아직은 어둠이 사라지기 전까지 시간이 있었다
고양이 세수를 시키고 길을 놓칠까 봐 내 손을 꽉 잡았다
알 수 없었고 보이지 않았지만
눈앞을 가리는 무언가가 한 번씩 지나갔다

흰머리가 나기 시작한 뒤부터
조금만조금만 더 했지만
더 이상은 앞서가던 엄마를 볼 수 없었다

—「마수걸이」 전문

시인은 아버지와 어머니 이야기를 동시에 다룬다. 그는 아버지가 미웠나 보다. 주름이 많은 나이 든 아버지가 창피했나 보다. 목욕탕에서 "나무껍질 같은 아버지 등을 밀어줄 때" 주름이 펴진다고 생각하며 피가 나도록 당신의 등을 세게 밀었다. 아버지는 아들이 등을 세게 미는 것을 느끼며 기특하다고 생각했을 것이다. 그런데 시인은 이런 마음을 품고 있지 않았다. 이제는 시간이 흘러 더 이상 아버지와 함께 목욕탕에 갈 수 없다. 어깨를 들썩이던 아버지는 이곳에 존재하지 않는다. 시인은 이 순간이 가슴 아프다. 후회는 이렇게 뒤늦게 찾아온다. 조금은 더 따뜻하게 아버지 곁을 지켜주었으면 좋았겠지만 그럴 수 없다.

어머니의 경우는 어떠한가. 시인은 어린 시절 칠흑처럼 검었던 어머니의 머리카락을 보며 여전히 젊다고 생각했다. 그러던 어느 날 어머니 어깨에 쌓인 먼지를 털다가 흰 머리카락을 발견하게 된다. 어머니는 시인의 이러한 응시를 알지 못하는지 "보따리를 이고 저만치 앞서"간다. 그런데 시인도 어느덧 "흰머리가 나기 시작한 뒤부터" "더 이상은 앞서가던 엄마를 볼 수 없"다. 엄마는 이제 빠른 걸음을 걷지 못한다. 몸이 낡은 것이다. 인간이 나이를 먹게 됨에 따라 늙게 되는 것은 어찌할 수 없지만, 그 순간을 깨닫지 못하는 우리들의 삶은 안타깝다.

독자들 또한 이러한 경험이 있을 것이다. 나 또한 마찬가지다. 아버지의 무릎이 좋지 않아 이제 더 이상 함께 등산을 다니지 못한다. 10년 전 우연히 함께 산에 오른 것이 마지막이었다. 아버지와 함께 구석구석을 돌아보지 못한 것이 아쉬울 따름이다. 아버지와 친하진 않았지만 이런 소소한 추억도 이제 더 이상 쌓지 못한다고 생각하니 가슴이 씁쓸하다. 어머니와 함께 길을 걸을 때도 마찬가지다. 어느 날 내가 앞서 걸을 때, 어머니는 어린 시절 너는 내 손을 끌어당기며 느리게 걸어달라고 부탁했단다. 시인의 「마수걸이」를 읽고 어찌나 아프던지 부모님이 계신 집으로 바로 달려갔다.

이 시집에서 "육십을 벙어리처럼"(「못밑댁」) 살 수밖에 없었던 그녀의 삶과 "현대요양병원 303호실"(「칠월」)에서 투병 생활을 했던 당신의 이야기를 찾을 수 있는데, 이런 사연 또한 부모님의 흔적과 무관하지 않다. 시인은 더 이상 닿을 수 없는 당신들의 흔적을 쫓고 있다.

기억은 각자 다르게 적히겠지만 시인에게 있어 '칠월'은 어떤 날이었을까. 독자들과 함께 읽어보기 위해 이 작품을 인용해보기로 한다.

칠월이면 꿩의다리라는 꽃이 피지
머나먼 곳으로 떠난 당신은
아마도 모를 거야

내 기억 속 칠월은 없는 계절이다
당신이 좋아하는 수국이 피면 나는 시들시들 말라간다

그날은 눈만 깜빡거리고 밥 한술 떠먹을 기운이 없었다
밤새도록 말문을 닫아버린 선풍기는
아침부터 성의 없이 바람을 밀어내고 있었다
나는 식은땀을 흘리며 삐죽삐죽 무덤 밖에서 나왔다
이상기온이 계속될 거라며 햇볕에 외출을 조심하라고
앵커 K씨는 입술을 벌벌 떨며 문장을 이어갔다
먹이를 등에 진 개미 떼처럼 수국이 바다에서 자라고
그런 날일수록 현대요양병원 303호실에 있었던 당신처럼
나는 세끼 밥보다 많은 약을 삼키며 더위에 떨었다
고봉밥 두 그릇에 허기가 지는 이유는 무엇일까
결국은 돌아오지 않았으면 하고 첫 페이지에 적는다
그런 당신은 수국이 만개한 칠월에 집을 나갔고
천둥소리에 놀라지 말라고 꿩의다리를 깔아주었다
채송화, 들국화, 제비꽃
아프지 말라고 폭신하게 깔아주었다
아프지 말라고
그날은 목이 퉁퉁 부어 있었고 첫눈이 내렸다

—「칠월」 전문

*

이 시집의 또 다른 특징은 거리를 둔 채, 도시의 풍경과 사람들
의 모습을 연민의 형태로 담아낸다는 데 있다. 다양한 흔적 중 여
기서는 "마을버스에서 내린 김 대리와 영숙 씨와 박 기사는 한 건
물에 살지만 말을 걸지 않는다"(「도시가 없어지다」)라는 구절처럼 소
통할 수 없는 우리들의 모습에 대해 살펴보기로 하자.

바람이 휘청거리는 횡단보도를 지나면
톱니바퀴처럼 막 물린 임대아파트가 밥알처럼 있어요
떡밥을 으깨놓은 듯한 504호, 엘리베이터가 없는 그곳에
화목하지 않은 시청에서 퇴직한 경비원 박 씨가 살고 있는
데요
일찍이 아내와 이별하고 하나 남은 아들마저
생이별을 한 뒤부터
어떤 이별에도 눈 깜짝하지 않는 강심장을 가졌다 들었어요

방바닥에서 귓속말처럼 들리는 새벽이 오나 봐요
물 내리는 소리와 미세하게 비치는 불빛이
유리창 사이로 비집고 들어와 나를 눈 뜨게 하네요
몰래 들어와 놀란 적이 한두 번이 아니었어요
어쩌다 낮술을 한 날은 계단에서 잔다거나
종일 TV 소리에 벽을 두어 번 두드리는 게 그와 전부였어요

어느 날은 베란다에서 먼지를 툭툭 털기도 했어요
그 옷에 맞게 이 잡듯 벼룩신문을 뒤적거렸지만
나하고는 먼 나라 이야기가 빼곡히 적혀 있었어요
감당할 만큼 내리는 비는 세상과의 유일한 통로라네요

지난 토요일에 이사 온 502호와 통성명은 없었어요
한때 잘 나갔다며 나이키가 입꼬리를 치켜들고 있네요
그것이 얄밉기까지 했으니까요
그날은 리어카를 끌고 동네 구석을 돌고 돌았어요

이틀이 지나면 털 잠바를 입어야 하나, 여전히 고민이에요
벌써 걱정거리가 하나 더 생겼다며

화창한 날에 빗물이 뚝뚝 떨어지네요

                     —「503호 임대아파트」 전문

  이 시에서 화자는 어떤 이별에도 눈 하나 깜빡하지 않는 강심장의 경비원 박 씨와 자신의 집 옆으로 이사 온 '그'에 대해 이야기한다. 화자는 503호에 살고 있고, 경비원 박 씨는 504호에, '그'는 502호에 산다. 시인은 사이에서 두 사람과 소통 아닌 소통을 이어나간다. 방음 장치가 잘 되어 있지 않은 탓인지 그곳의 사정이 이곳으로 손쉽게 전달된다. 하지만 이들은 서로에 대해 잘 모른다. 스쳐지나갈 뿐이다.

  우연히 박 씨가 "낮술"을 한 날에 계단에서 자거나 텔레비전 소리에 벽을 두어 번 두드릴 때, 서로를 향한 시선이 잠시 오고 갈 뿐, 온전히 마주하지는 못한다. 그렇다면 "지난 토요일에 이사 온 502호"와의 만남은 어떠한가. 그와의 만남도 신통치 않다. "통성명"조차 하지 못한 채, 넌지시 그를 인식할 뿐이다. 어쩌면 이러한 삶이 우리의 현주소인지도 모르겠다. 감당할 수 있을 만큼 내리는 비만이 "세상과의 유일한 통로"다. 당신과 나는 이렇게 살아간다.

*

  유용하지 않는 시가 무슨 쓸모가 있냐고 누군가가 묻는다면, 문학은 누군가를 위해 대신 울어준다고 대답해주고 싶다. 동시대의 주류 담론과 함께 몸을 움직이며 반향을 일으키는 것이 좋은 시라고 말할 수 있지만, 평론가들에게도 이런 작품들이 쓸모를 위해

편리하겠지만, 누군가의 마음을 움직일 수 있다면 이러한 방식도 의미 있다고 생각한다. 한 개인의 삶은 교환 불가능한 것이다. 그러니 그 어떤 작업도 쓸모없다고 폄하 할 수 없다. 시인의 말처럼 "삶은/때로는 투박해도 멋이 있는/바로 그런 것"인지 모르겠다. 서화성 시인의 삶과 문학을 응원한다.

文鍾弼 | 문학평론가

푸른사상 시선 146

사랑이 가끔 나를 애인이라고 부른다